Pour Bob et JoAn, qui voient la vie avec les yeux du cœur
Renée

Pour ma mère-veilleuse grand-mère Anna
Slavka

LA LÉGENDE DE
CARCAJOU

Adapté par Renée Robitaille
Illustré par Slavka Kolesar

Des mots plein la bouche

Au premier jour du printemps, Castor l'architecte émerge de sa hutte sombre en plissant les yeux. Il a passé tout l'hiver à grignoter des morceaux d'écorce dans sa maison de boue et de branches. Castor nage longuement dans la rivière avant de s'approcher du rivage pour se sécher au soleil. Curieux, il tend l'oreille vers les maisons rondes des humains. Il y a toujours trop de bruit dans le village. Mais, ce jour-là, il n'y a que le silence.

— Croâ, croâ, s'écrie soudain Corbeau.

— Bonjour Corbeau, où sont les habitants du village ? questionne l'architecte.

— Croâ, ils sont cachés sous leurs lits et ils tremblent, très cher Castor.

L'architecte se dresse alors sur ses pattes arrière pour mieux observer les environs. Jamais il n'a vu une chose pareille. Le village est triste et gris comme un fantôme errant. Il n'aperçoit même pas un enfant piétinant la vase.

Perché sur sa branche, Corbeau raconte ce qui s'est passé :

— Croâ, au début de l'hiver, Grand Carcajou est descendu
du Nord. Il a ouvert sa grande mâchoire et a dit :
« J'en ai assez de vivre là-haut et de manger des
caribous gelés. Je veux me nourrir de viande fraîche.
Chaque jour, j'attaquerai votre village.
Et je dévorerai tous les chasseurs. »

— Mais, Corbeau, les humains ne savent pas se défendre ?
s'inquiète Castor.

— Croâ, tu ne connais pas Grand Carcajou, toi !
C'est l'Esprit maléfique de la Forêt.
Il est plus grand que l'Orignal et plus féroce que le Lynx.
On ne peut rien contre lui ! Hier soir, sa colère était si
monstrueuse qu'il a emporté avec lui le petit Yuma.

— Il s'est attaqué à un enfant ?

C'en est trop, pense l'architecte. Il faut agir, et vite !
Malgré sa peur des hommes, Castor se dirige droit
vers le village. Affolé, Corbeau croasse et bat des
ailes. Mais Castor ignore sa mise en garde.

Castor pousse la porte d'une maison ridée comme
un pruneau. Il tombe nez à nez avec une grand-
mère très âgée. Son visage est sillonné de rivières.
Elle a les yeux en amande et les narines en forme
d'aubergine. C'est la plus vieille femme du village.
Et la plus grincheuse aussi. Prudemment, Castor lui
adresse la parole :

— Grand-mère, vous n'êtes pas cachée
    sous votre lit ?

— Taratata ! Je prépare un long voyage.
    Je ne crains pas Grand Carcajou, moi.

— Vous partez pour le Nord ?

— Je dois retrouver mon petit-fils. Mort ou vif.
    Maintenant, laisse-moi.

— Mais, grand-mère, hésite Castor,
    la Terre est notre Mère à tous.
    Je vous aiderai à combattre Grand Carcajou !

En maugréant, la vieille grincheuse s'avance vers un panier d'écorce de bouleau. Elle soulève le couvercle, s'empare d'une minuscule pochette en peau de lièvre et l'enfile autour de son cou. Puis, elle secoue vigoureusement ce petit sachet de cuir au-dessus de sa bouche. Castor observe la scène d'un œil inquiet. Il se doute bien que la grand-mère y a caché des herbes puissantes. Mais il ne connaît pas leur pouvoir.

Au moment où elle reçoit la fine poudre verte sur sa langue, la vieille se met à trembler de tous ses membres. Des sons incompréhensibles sortent de sa gorge. Elle martèle sa poitrine qui résonne alors comme un tambour. Des touffes de poils poussent dans ses oreilles. Ses narines aubergine se noircissent. Ses ongles s'affûtent et s'allongent. Ses muscles gonflent. Enfin, la grand-mère atterrit à quatre pattes en poussant d'étranges grognements.

Castor frémit.

Il soulève une paupière...

Il n'en croit pas ses yeux !!!

Grand-mère s'est métamorphosée...

en femelle ourse.

— Bonjour, chère Bariba,
murmure Castor l'architecte avec respect.

— En route ! grogne l'Ourse.

Bariba, Corbeau et Castor s'avancent dans les bois, puis s'enfoncent dans la vase des marécages. Ils marchent pendant des jours et des jours. Des rideaux de grêle ralentissent leur allure. Le vent du nord leur fait courber la tête et le froid leur brûle les yeux.

Enfin, un matin, Bariba repère d'immenses empreintes gravées dans la glace.

— Grand Carcajou est passé par ici !

Les trois animaux suivent attentivement les traces de la bête aux longues griffes. Corbeau survole les environs. Au moindre danger, il doit prévenir ses confrères ! Mais Grand Carcajou est un animal futé. Pour l'instant, il se terre dans son abri secret et il attend le bon moment.

— La chasse ne sera pas simple, soupire Castor, exténué.

Au bout de la septième nuit de voyage,
Bariba s'arrête soudain. Elle renifle le vent
et scrute les alentours de ses yeux vitreux
et fatigués.

— La tanière de Grand Carcajou n'est pas loin.
L'air empeste son odeur et sa colère.

Castor frappe nerveusement le tapis de neige
avec sa queue.

— Croâ, regardez ! Là, sur cet arbre !
s'affole soudain Corbeau.

Attaché au tronc d'un pin gris, un garçon grelotte de
froid. Castor le reconnaît ; c'est le petit Yuma,
le plus jeune chasseur du village.

L'architecte s'élance aussitôt vers l'enfant pour
ronger les cordes qui le retiennent prisonnier.

Mais Grand Carcajou bondit alors sauvagement
hors de sa tanière.

Son corps est imposant et solide comme une tour.
Son crâne énorme dévoile des crocs affûtés comme
des lames. Castor perd l'équilibre et tombe à la
renverse. Le petit Yuma relève la tête. Brave comme
un guerrier, il plonge son regard dans les yeux
enflammés de Grand Carcajou :

— Pourquoi es-tu si méchant ?

— Parce que je suis le Maître de la Terre.

— Nous sommes des frères, Grand Carcajou.
    Tu es aveuglé par ta force.

— Aveugle ou non, je vais te dévorer !

— NON !!! intervient l'Ourse.

C'est le signal qu'attendait Corbeau qui, du haut du ciel, plonge brusquement sur Grand Carcajou et lui sillonne l'œil gauche avec ses griffes. À son tour, Castor se jette sur la bête maléfique et il lui ronge la cuisse comme un endiablé.

Mais Grand Carcajou reste insensible à la douleur. De ses longues griffes, il saisit Castor par la peau du cou et il lui crache sa colère :

— Tu ne me fais pas peur, vulgaire rongeur. Retourne dans ta rivière ! ricane la bête, projetant Castor sur un rocher de givre.

Près de là, l'Ourse Bariba tambourine le sol et renifle d'impatience. Elle sait que son petit-fils ne l'a pas encore reconnue. Elle se redresse sur ses pattes arrière et gronde soudainement comme le tonnerre :

— Il suffit, Grand Carcajou ! Libère cet enfant !

Mais Grand Carcajou éclate d'un rire macabre.

— Je t'aurai prévenu, menace l'Ourse.

Aussitôt, la femelle ourse s'élance vers la bête et lui assène un puissant coup de patte sur la poitrine. Grand Carcajou est projeté en arrière et atterrit durement sur la glace. Sonné, il revient vers Bariba en boitant. Mais l'Ourse fonce aussitôt sur lui et lui balance une deuxième baffe en plein cœur. Terrassé, Grand Carcajou cherche son souffle. Il se recroqueville sur lui-même pour mieux reprendre ses esprits.

Bariba observe son adversaire d'un œil suspect. Le combat ne devrait pas être si facile ; quelque chose ne tourne pas rond... Grand Carcajou bondit alors sauvagement vers l'Ourse, la prenant par surprise. Il ouvre la gueule et plonge ses crocs meurtriers dans l'épaule de sa rivale en lui arrachant son sac-médecine. Bariba tente de se libérer de son emprise, mais Grand Carcajou lui lacère le ventre avec ses terribles griffes. L'Ourse s'écroule sur la glace. Péniblement, elle tente de réattaquer, mais Grand Carcajou s'abat aussitôt sur son dos et lui enfonce ses crocs dans la nuque.

La neige et le ciel tourbillonnent autour de Bariba.
Des tambours retentissent dans son crâne.
Son corps saigne et sa chair brûle.

Rassemblant tout ce qui lui reste d'énergie,
la femelle ourse pousse des sons rauques qui,
bientôt, commencent à vibrer dans sa poitrine.

Castor et Corbeau retiennent leur souffle,
envoûtés par cette étrange complainte.
Le petit Yuma reconnaît enfin
le chant de sa grand-mère.
Il incline la tête avec respect.

Sans comprendre pourquoi, Grand Carcajou lâche
son emprise et recule dans la neige.
Bariba chante sa douleur au ciel et à la terre,
elle tremble de tous ses membres.
Ses poils rétrécissent, ses muscles s'atrophient,
ses oreilles s'arrondissent et son museau noir
redevient aubergine.

Horrifiés, Castor et Corbeau comprennent
trop tard que la femelle ourse réintègre déjà
sa forme humaine !

Mais, avant même que Grand Carcajou n'ait le temps de réagir, le petit Yuma se jette dans la neige pour rattraper le sac-médecine de sa grand-mère.

En un éclair, il ouvre la pochette de cuir et la lance dans la gueule de Grand Carcajou. L'animal féroce se pétrifie instantanément; griffes en l'air, gueule ouverte, incapable de dévorer la vieille femme.

— Grand-mère, vous êtes blessée ? hésite Castor.
  Mais... vous ne saignez même plus !

— Nan. Guérie par le chant.

Le petit Yuma se précipite dans les bras de sa
grand-mère. Il enfouit son visage dans les vêtements
de fourrure déchirés dont il connaît si bien l'odeur.

— Croâ, il est mort ? lance Corbeau en désignant
  l'Esprit maléfique.

— Nan. Éliminer Grand Carcajou, je ne peux pas,
  taratata !

Castor escalade aussitôt le corps inerte de Grand
Carcajou transformé en statue, prêt à lui ronger le cou.

— Castor ! laisse vivre Carcajou !!!

— Mais, grand-mère, il a tué les villageois.
  Il a abattu nos ancêtres.
  C'est maintenant à son tour de mourir !

Le garçon remue alors la tête.
Il lève les yeux vers son aïeule en la suppliant :

— Grand-mère, as-tu oublié qu'il voulait
   me dévorer ? Si on ne le tue pas,
   il recommencera...

— Croâ, c'est vrai, ça ! Aussitôt libéré, il va se venger,
   s'affole Corbeau en battant frénétiquement
   des ailes.

— Taratata ! Tuer un frère, ça ne se fait pas. Mais...

— Mais quoi ??? s'exclament Corbeau, Castor
   et le petit Yuma.

En guise de réponse, la vieille femme pose une main
au-dessus de Castor. Puis, elle ferme les yeux et se
frappe la poitrine. Bientôt, elle résonne comme un
tambour. Les sons qui s'échappent de sa gorge roulent
dans l'air comme une boule de feu.

Hypnotisé, Castor l'architecte s'élève lentement vers le ciel. Soudain, la vieille fait claquer sa langue sur son palais. Instantanément, Castor exécute une pirouette arrière et frappe si fort de sa queue sur le crâne de Grand Carcajou que la bête maléfique rétrécit d'un coup ! Il se retrouve emprisonné dans un corps trop petit pour lui. Petit comme une marmotte rabougrie.

— Il ne peut plus rien contre nous, taratatou !

Et comme pour prouver les dires de la vieille, Carcajou se faufile dans un trou, honteux et gémissant.

Castor, Corbeau et grand-mère entourent alors le petit Yuma et le réconfortent doucement. Puis, ils entament le long voyage de retour vers le village.

Quant à Carcajou, il est resté au pays de l'hiver, là-haut, dans le Nord, loin des villages des humains. Même s'il est devenu petit, Carcajou possède toujours une très grande force et de longues griffes. Mais il préfère maintenant se nourrir d'animaux morts et de vieux mocassins.

Achetez la version mp3 du conte (1.99$)

https://itunes.apple.com/ca/album/la-legende-de-carcajou/id1230183259?l=fr

Planète rebelle
C.P. 55049 Fairmount
Montréal (Québec) H2T 3E2 CANADA
514 278 7375
www.planeterebelle.qc.ca

Les éditions Planète rebelle remercient le Conseil des
arts du Canada de l'aide accordée à leur programme
de publication, ainsi que la Société de développement
des entreprises culturelles du Québec (SODEC) et le
«Gouvernement du Québec – Programme de crédit
d'impôt pour l'édition de livres – Gestion SODEC ».

Nous reconnaissons l'aide financière du
gouvernement du Canada par l'entremise du Fonds
du livre du Canada pour nos activités d'édition.

Distribution : Diffusion Dimedia
www.dimedia.com

Révision : Janou Gagnon
Mise en pages : Marie-Eve Nadeau
Correction d'épreuves : Renée Dumas

Achevé d'imprimer en août 2018

Imprimé au Canada • Printed in Canada

La légende de Carcajou
Copyright © 2017 Renée Robitaille
Copyright © 2017 Planète rebelle

Dépôt légal : 2e trimestre 2017
Bibliothèque et Archives nationales du Québec
Bibliothèque et Archives Canada

Catalogage avant publication de Bibliothèque
et Archives nationales du Québec et Bibliothèque
et Archives Canada

Robitaille, Renée, 1974-

La légende du Carcajou
Pour enfants de 5 ans et plus.

ISBN 978-2-924174-81-4

I. Kolesar, Slavka. II. Titre.
PS8585.O356L43 2016   jC843'.6   C2016-941262-8
PS9585.O356L43 2016

La légende de Carcajou

Durée totale : 24 :19

Renée Robitaille : texte et narration

Étienne Loranger : composition, enregistrement, conception sonore, accordéon, claviers, mixage et matriçage, Studio AEM.

Anne Paré : chant

Marie-Claude Tardif : contrebasse

Réalisation : Étienne Loranger